Christian Frénoy

De Profundis

Éditions Dédicaces

DE PROFUNDIS, par CHRISTIAN FRENOY

ÉDITIONS DÉDICACES LLC

www.dedicaces.ca | www.dedicaces.info
Courriel : info@dedicaces.ca

Christian Frénoy

De Profundis

À propos de l'auteur

Christian Frénoy est né à Boulogne-sur-Mer (Pas-de-calais) le 26 avril 1955. Professeur de Lettres au lycée Montesquieu de Sorgues, il est membre des Rosati (anagramme d'Artois) et de la Société des Poètes Français. Il a publié de nombreux recueils de poèmes dont les plus récents sont : Passagère d'éternité (prix Stephen Liégeard 2016, organisé par l'association « Les poètes de l'amitié ». Éditions de la Nouvelle Pléiade 2013), L'exil et la présence (éditions France-Libris 2015) et Déclives (éditions France-Libris 2016).

Il fut nominé aux Prix Troubadours 2014 et Littérales 2015, publication partielle dans les revues Friches et Littérales. Plusieurs nouvelles ont été publiées dans les revues « Au fil des pages », « Les amis de Thalie », « Portique », « Le Scribe Masqué » et « Florilège ».

Préface

Connaissez-vous le Horla de Maupassant ? C'est l'histoire d'un homme ordinaire mais qui sombre dans la folie et finit par se convaincre de la nécessité de se donner la mort parce qu'il se sait hanté par un être invisible. Michel Santune exploite ce thème mais son plus grand mérite est d'avoir su le renouveler d'une façon magistrale.

En effet, si possession il y a, si l'être invisible se manifeste d'une façon infiniment plus agressive que chez Maupassant, l'homme dont le quotidien est hanté sait réagir d'une manière tout aussi agressive, ou plutôt défensive, en traquant l'invisible jusqu'à sa source pour obtenir une victoire sur lui.

Par ailleurs, c'est une véritable enquête policière qui mène le personnage principal jusqu'à cette source : avec une détermination sans faille, il va courir sus à l'invisible pour lui faire rendre gorge et, ce faisant, il va provoquer la punition et même la destruction d'un autre homme que sa profession pourrait faire croire compatissant, mais qui, au contraire, se montrera une incarnation humaine du mal dans ses pires agissements.

Policier et fantastique s'entremêlent donc dans cette novella dont l'intrigue ne faiblit jamais et que l'on ne peut lâcher avant son terme, qui explose en une chute totalement inattendue.

Si l'on voulait résumer un tel texte en un seul aphorisme, ce serait Victoire sur le Horla.

Prenez les chemins de cette victoire, lecteurs, vous ne serez jamais déçus !

Thierry ROLLET
Agent littéraire

Ce matin-là, la sonnerie du réveil réglée sur six heures trente, tira André du pire cauchemar qu'il eût jamais fait : il se trouvait dans une immense salle, ressemblant à un grenier, et dans laquelle évoluaient de nombreuses personnes. Il courait de l'une à l'autre en leur demandant d'une voix étranglée par l'angoisse : « Qui es-tu ? » mais aucune d'entre elles n'avait de visage et ne répondait hormis la dernière qui dirigea vers lui de petits yeux marron, vifs et pénétrants éclairant une face ronde et large aux lèvres minces surmontées d'une fine moustache, qui susurrèrent à son oreille : « Je suis ton PIRE SPIRIT !!! ».

Il se demandait ce que ces paroles pouvaient bien signifier quand la personne en question l'emmena en disant :

« Viens, je vais te montrer quelque chose ! »

Ils se retrouvèrent bientôt dans une rue déserte et André aperçut une forme allongée sur le sol.

« Approche-toi car cela en vaut la peine ! » lui intima son guide.

La forme allongée était constituée du corps d'un homme sanglé de toutes parts par des filins d'acier incandescent qui l'empêchaient d'effectuer le moindre mouvement, ces fines entraves acérées pénétraient dans la chair en faisant couler de minces filets de sang.

André recula en s'exclamant :

« Mon Dieu ! Mais quelle horreur ! »

La voix du guide se fit de nouveau entendre :

« Rapproche-toi et regarde un peu mieux ! »

Malgré sa répulsion, il obéit, poussé par une force émanant de la voix qui, au fur et à mesure, devenait plus forte, plus profonde et plus grave.

Il concentra toute son attention, examinant les moindres détails de cette vision infernale. Le visage reposant sur l'un de ses côtés était en partie caché mais, à cet instant même, le malheureux, semblant se réveiller d'un sommeil sans fond, émit un hurlement et se présenta de face. C'est alors qu'un second hurlement se mêla au premier dans une stridence telle que l'enfer lui-même n'en avait pas entendu jusque-là.

Ce visage qu'André avait découvert était en fait le sien et cet homme, c'était lui. Quand il eut recouvré un peu ses esprits, il demeura pétrifié devant cet autre lui-même dont la chair était déchirée par les morsures des lanières d'acier incandescent.

— Ce n'est pas ton corps que tu vois là mais bel et bien ton âme, ton âme que je tiens en mon pouvoir et que je torture à mon gré.

André ne parvenait pas à détacher son regard de cet effroyable spectacle. C'était donc bien cela qui l'empêchait d'agir à sa guise, ces entraves dont il avait toujours intuitivement ressenti la présence, cette souffrance qui ne le quittait jamais, ce doute, cette impuissance, cet anéantissement de tout son être dans lequel parfois il sombrait.

— Mais pourquoi m'infligez-vous cela ? Que vous ai-je donc fait?

— Oh, sois sans crainte, tu ne m'as rien fait! D'ailleurs personne ne pourrait me faire quoi que ce soit, sois en bien sûr !

— Alors, pourquoi?

— Je te l'ai déjà dit : JE SUIS TON PIRE SPIRIT !

Et ces paroles, s'achevant par un ricanement diabolique, frappèrent André en plein cœur tel un coup de poignard.

C'est alors qu'il se réveilla, soulagé de retrouver le décor familier de sa chambre et de s'apercevoir que tout ceci n'était qu'un mauvais rêve. Il demeura plusieurs minutes à réfléchir :

« Je suis ton pire spirit », qu'est-ce qu'il a bien voulu dire par là? « Je suis ton pire esprit, ton pire spirite... Pourtant je n'ai jamais pratiqué le spiritisme ! Ou alors c'est « Je suis ton père spirituel »... Et cette vision alors !...Oh, cette vision ! Ce corps, cette âme labourée par ces lanières d'acier chauffé à blanc!... Elle me hantera jusqu'à ma mort ! »

André voulut étendre le bras pour saisir ses lunettes sur la table de nuit mais aussitôt une vive douleur stoppa son geste. Il se rappela que depuis quelques semaines il lui semblait avoir les deux bras pris dans un étau et qu'il lui fallait esquisser plusieurs mouvements avant qu'ils ne recouvrent un peu d'élasticité. À plusieurs reprises, il s'était déjà rendu à son travail en ne conduisant que du bout des doigts, les bras collés au corps tant ces derniers lui faisaient mal.

Il entreprit ensuite de se lever mais à peine eut-il donné l'impulsion à ses jambes qu'il ressentit une violente douleur dans les genoux, comme si on y avait enfoncé des clous, d'un coup sec. Il tituba, faillit retomber sur son lit, puis parvint à rétablir son équilibre. Il ramassa ses vêtements et alla s'habiller dans la salle à manger pour ne pas réveiller sa femme qui dormait encore.

Assis sur le bord du canapé, il éprouva de la difficulté pour enfiler ses chaussettes, pour le pantalon et la chemise cela se fit sans trop de peine, ses membres commençant à se dérouiller légèrement. Il se dirigea ensuite vers la cuisine avec la démarche hésitante d'un vieillard bien qu'il n'eût pas encore atteint la soixantaine. Il se versa un bol de café froid qu'il avala d'un trait en essayant de remettre un peu d'ordre dans ses idées mais celles-ci se dérobaient inexorablement, se perdant dans cette confusion mentale qui le prenait désormais chaque matin et qui était de plus en plus longue à se dissiper. Il se rassit sur le bord du canapé et se frotta vigoureusement le visage comme pour en arracher cette torpeur dont le masque lui collait à la peau. Il en ressentit un bref soulagement qu'il essaya de prolonger en appuyant fortement ses deux index sur ses tempes, mais, comme d'habitude il ressentit bientôt à la base de son crâne de légers picotements, comme des coups d'aiguille, qui allèrent en s'amplifiant. De nouveau les muscles de sa nuque se raidissaient, jusqu'à devenir comme du bois. Il avait beau les masser, les soulever du bout des doigts, rien n'y faisait. C'était comme une chape de plomb fondu qui lui tombait brusquement sur les épaules, prenant sa cervelle dans un étau de feu qui le rendait presque idiot et incapable d'agir. Une idée lui vint cependant : « *Ah oui! Les médicaments! Ça me soulagera un peu…* » se dit-il en se levant péniblement. Il avala sa dose habituelle d'anxiolytiques et d'antidépresseurs prescrits par le psychiatre qui l'avait suivi durant les dernières années. Il avait récemment mis fin à sa psychothérapie, estimant que ce n'était plus la peine d'aller ressasser invariablement les mêmes choses à quelqu'un qui, visiblement, ne pouvait rien pour lui sauf lui prescrire ces remèdes chimiques, ce qu'un généraliste ferait tout aussi bien. C'était peut-être une erreur, mais il en avait tant vu des psychologues, des psychiatres dont aucun n'avait pu le soulager vraiment de son mal-être !

Il se rassit donc et resta là, le regard perdu dans le vide, à sentir cette lave de métal fondu lui couler sur la nuque, recouvrant ensuite ses épaules et son dos tout entier ; ses veines mêmes semblaient charrier du métal en fusion. Sur la table basse, il remarqua quelques feuilles dactylographiées qu'il prit et se mit à lire. C'était une tentative de description de cette souffrance qui le suivait comme son ombre, lui semblait-il.

À quand remontait donc cette souffrance ? Quand l'avait-il ressentie pour la première fois ? Il essaya de se souvenir. Des images de son enfance défilèrent comme un film au ralenti se déroulant à rebours. Il revit la « maison de son enfance », si l'on peut dire, la façade de briques rouges, puis son père et sa mère dont le ménage battait, pour le moins, de l'aile. Son père qui rentrait saoul presque tous les soirs... Il réentendit les cris, les hurlements de sa mère, qui ameutaient le voisinage, le bruit de la vaisselle cassée, des coups de pied donnés dans les meubles, de la table de la cuisine qu'on renverse... Une scène particulièrement violente s'imposa à son esprit : c'était un de ces soirs de soûlographie, son père s'était montré tellement menaçant que sa mère avait dû enjamber la fenêtre pour se réfugier dans le jardin. Il avait été pris alors d'une terreur telle que sa nuque était devenue comme paralysée et qu'un grand vide s'était fait subitement en lui... Il s'entendait encore répéter les mots suivants : *« Cette fois-ci, je suis bon pour l'Assistance ! »* La « paralysie » avait duré quelques jours puis s'était peu à peu estompée... Cependant, depuis lors, lui qui s'était toujours montré si « intelligent » à l'école, se mit à traverser des périodes de confusion intellectuelle qui laissaient ses professeurs perplexes : *« Auriez-vous l'entendement tout à coup obscurci ? »* avait noté son professeur de français sur une de ses copies à propos d'un sujet de dissertation qu'il n'avait pas compris. Il revoyait cette inscription en rouge comme une tache de sang ou de vin maculant la blancheur du papier. Puis, tout à coup, ce furent comme des lettres de feu qui se mirent à danser devant lui.

« Auriez-vous l'entendement obscurci ? »

Cette question lui était adressée en cet instant même où il se souvenait !

« Suis-je encore capable d'écrire, de parler même ? » se demanda-t-il, en proie à une soudaine recrudescence de l'Angoisse dont les deux mains invisibles le serraient à la gorge.

Il bondit alors du canapé, fit plusieurs fois le tour de la pièce à vive allure et alla se mettre la tête sous le robinet d'eau froide. La relevant lentement, il aperçut son visage émacié dans le miroir, ses cheveux épars en mèches folles, la ride de plus en plus profonde qui lui barrait le front, ces plis d'amertume aux commissures des lèvres, ses yeux hagards enfoncés dans leurs orbites comme tirés vers l'intérieur de lui-même par une force inexpugnable.

« Suis-je fou ? »murmura-t-il en remettant ses cheveux en ordre avant de s'enfouir le visage dans une serviette.

Après quelques instants, son cerveau s'éclaircit, l'étau de feu relâchant peu à peu son étreinte, ses idées se remirent en place. Non, il n'était pas fou, il avait parfaitement conscience du monde qui l'entourait, du rôle qu'il y jouait... Simplement, cet abîme qu'il pressentait depuis si longtemps en lui, s'ouvrait de plus en plus fréquemment et les chutes qu'il y faisait étaient de plus en plus longues et vertigineuses... Oh ! Comment refermer cet horrible gouffre ? Comment ressouder les lèvres envenimées de cette plaie béante?

Il retourna s'asseoir sur le vieux canapé en cuir dont les coussins fatigués s'enfoncèrent sous son poids. Il s'attarda à contempler un verre sale qui se trouvait sur la table face à lui. L'idée que, si personne n'y touchait, ce verre pourrait rester ainsi pendant des semaines, des années, voire même des siècles, le tétanisa. C'était bel et bien à lui de le bouger, de se lever pour aller le mettre dans l'évier... Sur le coup, il eut envie de rire de cette pensée incongrue qui venait de se former dans son esprit mais cette envie fut de courte durée car, lorsqu'il voulut se lever pour accomplir cette action on ne peut plus banale, son corps ne répondit pas, ses jambes demeurèrent inertes et ses bras lui parurent être coulés dans du béton.

« Qu'est-ce que c'est encore que cette histoire ? » se demanda-t-il en réessayant sans obtenir le moindre résultat... Après quelques essais infructueux, il se résigna à demeurer assis, figé dans cette contemplation morbide... Cela finirait bien par revenir, ce devait être une lassitude passagère, il suffisait d'attendre un peu... Cependant, une angoisse sourde commença à se faire jour... Jamais il n'avait ressenti une telle incapacité à agir, ni même à réagir... Il entrevit Chantal, son épouse, qui, après s'être habillée en vitesse et avoir déjeuné sur le pouce, lui lança :

— Tu sais, je ne rentre pas ce soir, je vais passer le week-end chez mes parents car Papa est souffrant... Je te l'ai déjà dit hier, et puis, il y a tout ce qu'il faut dans le frigo !

La porte se referma, laissant retomber un lourd silence dans l'appartement.

En effet, elle le lui avait dit mais il ne s'en souvenait que vaguement... Il avait assisté à cette scène en spectateur impassible comme s'il n'était pas concerné. Cette constatation acheva de le troubler. Il aurait pu dire une parole aimable du genre : « *Bonne journée, chérie, j'espère que pour ton père, ça n'est pas trop grave...* » Mais rien ! Aucun son n'était sorti de sa bouche, il était resté muet, immobile, inerte comme une pierre.

« *De quoi ai-je donc peur ?* »

Telle était la question qui le taraudait depuis quelques instants. Cette peur, il la sentait qui se collait à lui comme une amante empressée et dévorante, elle l'étreignait de ses bras multiples, pressait sa bouche carnassière contre la sienne, l'empêchant presque de respirer, emplissant tout son corps de son haleine venimeuse. Il aurait voulu pouvoir s'arracher à son étreinte destructrice, au risque de laisser des lambeaux de peau entre ses griffes acérées, au risque d'y laisser même son cœur et son cerveau ! Ah ! Ne plus souffrir ! Ne plus sentir en lui son âme se déchirer ! C'était tout ce qu'il demandait ! Oui, l'anéantissement valait mieux que ce supplice qui n'en finissait pas ! Oui, tout, même la mort, valait mieux que cela !

« *De quoi ai-je donc peur pour être dans un tel état ?* »

La question restait là, présente à son esprit, comme inscrite au fer rouge dans les lobes de son cerveau. Pas moyen de lui échapper ! Il devait absolument trouver une réponse !

« *De la mort sans doute...* » Non, ce serait trop simple, et puis la mort qu'est-ce que ça veut dire au juste ? Il était persuadé de la survie de l'âme... Alors, la mort ça n'était que l'abandon d'un vêtement trop usagé pour un autre... La peur de l'Inconnu peut-être... Non plus car il avait gardé de l'autre monde des réminiscences enchanteresses... Là-bas, il suffisait de penser pour que l'objet désiré prenne forme, et puis tout n'était que vibrations harmonieuses, ballets de clartés à la beauté indescriptible baignant dans un éblouissement permanent, ravissant l'âme et la transportant vers des paroxysmes de volupté.

Non, ce monde-là, il le connaissait beaucoup mieux que celui-ci où il n'arrêtait pas de se perdre, de se tromper de direction dans tous les sens du terme. Tout à coup, son visage fermé jusque là s'éclaira d'un pâle sourire :

« Je crois que j'ai trouvé ! Je la tiens, ma réponse ! pensa-t-il : *j'ai peur de devenir idiot, de ne plus rien savoir, d'oublier tout ce que j'ai appris ! »*

Et il se rappela ces périodes durant lesquelles il s'imaginait perdre le sens des mots, que ceux-ci se vidaient de leur substance, de leur signification pour ne plus être que des coquilles vides. Mais ces mots, il en saisissait bien toujours le sens, il ne faisait qu'imaginer cette perte ! Pourquoi imaginer le pire supplice pour se l'infliger ainsi à soi-même ? Pourquoi se punir soi-même de la plus atroce façon ?

La seule perspective de pouvoir perdre le sens des mots constituait, pour l'écrivain qu'il avait toujours été au plus profond de lui-même, une souffrance inconcevable. Était-ce bien lui-même qui se punissait ou était-ce son inconscient qui avait imaginé cette solution à son angoisse ? Lorsque l'on tient énormément à quelque chose, on a bien peur de le perdre, alors pourquoi ne pas imaginer que la perte a déjà eu lieu pour se libérer de la peur qu'elle génère ? N'ayant plus rien à perdre, on est libre et on n'a plus peur ! Se précipiter vers la catastrophe pour ne plus la craindre ! Oui, pourquoi pas ? Le pire ayant déjà eu lieu, il ne peut plus se produire. On se figure que l'on est idiot pour ne plus craindre de le devenir ! Pas mal comme stratagème... Mais aussi, que de souffrance ! Et si l'on continue de

souffrir, c'est que cette solution n'est pas la bonne !
Pour ne plus souffrir, il faudrait être vraiment idiot !
Ce n'est qu'alors seulement qu'il n'y aurait plus de
problème !

« *Un peu tarabiscoté tout ça !* finit-il par
conclure. *Au fond, c'est la même chose que lorsque je
m'imaginais m'être jeté du sixième étage du lycée et que, pour
m'assurer que ce n'était pas vrai, j'avais besoin de tâter les
murs, de sentir leur consistance matérielle. Si j'ai tellement
peur de devenir idiot, c'est peut-être aussi que je le souhaite
inconsciemment. L'idiotie serait donc à la fois ce que je
redoute et désire le plus... Mais qui donc m'a fichu un
psychisme pareil ?* »

Durant ce débat intérieur, André n'avait pas
remué le petit doigt, continuant de fixer de ses yeux
vides le verre sale qu'un rayon de soleil à présent
éclairait. L'horloge indiquait neuf heures cinq minutes.
Cela faisait donc plus de deux heures qu'il était assis,
immobile, habité par cette idée fixe qui était restée là,
plantée dans son esprit, immuable, inexorable et
comme étrangère à son questionnement sur la peur
qui le hantait elle aussi :

« *Si personne ne bouge ce verre, il restera là pour
toujours !* »

Un sursaut de conscience l'incita à vouloir se
lever à nouveau mais il se heurta à la même
impuissance : son corps ne répondait toujours pas,
impossible d'effectuer le plus petit mouvement.
Alors, il se laissa aller à cette torpeur qui le tenait
dans son étau invisible cependant que son esprit,
loin d'être paralysé par la pensée obsessionnelle du
verre sur la table, continuait de s'interroger :

« *C'est comme si je me détruisais moi-même,* observa-t-il. *Je sens l'angoisse qui rôde en moi comme un fauve prêt à me dévorer et cependant quelque chose en elle me fascine. Pourquoi ? Je la connais pourtant bien maintenant, depuis que je vis avec ! C'est comme une vieille compagne, dangereuse certes, mais dont je connais bien toutes les malices. Elle prend des formes différentes mais au fond c'est bien toujours la même, elle ne peut plus me tromper et c'est peut-être là le drame. Avant, j'essayais de la conjurer à force de psychothérapies, j'espérais toujours trouver un guérisseur qui me délivrerait de ce mal qui, à présent, fait partie intégrante de moi-même. Pourrais-je seulement écrire sans elle ? N'est-ce pas elle qui me pousse dans mes derniers retranchements, qui me force à fouiller ces recoins obscurs où l'on ne s'aventure jamais d'ordinaire ? Si l'on m'en débarrassait, ne me sentirais-je pas encore plus vide, encore plus désespéré ? Et pourtant Dieu sait qu'elle me fait souffrir des tourments que je ne souhaiterais pas à mon pire ennemi ! Cette vieille hyène enragée m'est devenue indispensable et cela me ferait tout drôle de ne plus sentir dans ma chair et dans mon âme la morsure de ses crocs empoisonnés ! Ne l'ai-je pas connue dès ma plus tendre enfance ? Sur cette photo de famille où je dois avoir au plus trois ans, j'ai déjà l'air si effrayé malgré la main de grand-mère qui tient la mienne comme pour me rassurer. Qu'avais-je donc déjà pressenti de si terrifiant pour avoir aussi peur ? Car je vois bien que j'avais déjà peur, que l'effroi se lisait déjà dans mes yeux, que le venin qui me paralyse à présent commençait déjà à couler dans mes veines, à tétaniser ma pensée… »*

Il est vrai qu'il s'était toujours senti totalement étranger à ce monde, soumis à la matière et à ses lois. Pendant les premières années de sa vie, il discernait encore les formes invisibles qui virevoltent autour des âmes incarnées, qui les traversent, leurs fugaces lueurs lui étaient encore familières... Il percevait aussi les auras humaines et s'amusait de leurs changements de couleurs suivant l'humeur des individus. Ainsi, celle de son père se teintait d'un bleu léger parsemé de nuances violettes, sauf quand il rentrait ivre et que la colère la faisait virer au rouge vif. Il s'étonnait alors de ne pas pouvoir traverser les murs ni commander aux objets par la seule force de sa pensée. Bref, tout ce qui paraissait normal aux autres lui était un sujet de perplexité et ce qui leur aurait paru extraordinaire aurait revêtu à ses yeux le caractère de la plus évidente normalité. Comment la matière pouvait-elle être plus forte que l'esprit ? Longtemps il avait buté contre cette interrogation. Ce n'est que peu à peu, au fil des ans, qu'il avait compris qu'il était doté d'un corps matériel pour évoluer dans un monde matériel. À l'approche de la soixantaine, il s'affligeait encore de cette aberration. Il avait soulevé ce problème un jour lors d'une consultation auprès d'un psychanalyste de dispensaire qui s'était contenté de répondre que lors d'une séance tous les discours, même les plus délirants, étaient permis. Cette remarque l'avait frappé car cet individu ne disait rien la plupart du temps, se contentant de l'écouter en pensant certainement à tout autre chose. Il se rappela une autre séance au début de laquelle il avait dit :

    — Je vais reprendre où nous en étions restés la fois dernière... »

Le psy s'était alors empressé de rectifier :

— Pardon, mais c'est là où *vous* en étiez resté ! »

Ce qui voulait dire : *« Porte ta croix comme tu le peux mais ne compte pas sur moi pour t'aider ! »*

La seule fois où il avait provoqué un semblant de réaction chez ce monolithe humain, ce fut lorsqu'il lui avait fait part de son impression d'être victime d'une forme de racisme.

— Quoi ? Quoi ? Précisez ! avait insisté le psy.

On eût dit qu'il avait touché un point sensible, que quelque chose s'était subitement réveillé chez cet intellectuel au visage mince orné de petites lunettes rondes.

— Oh, c'est qu'on me reproche de ne pas être assez dynamique, de manquer d'enthousiasme, d'être trop lymphatique...

Puis, après un temps d'arrêt, il avait poursuivi :

— « Trop lymphatique ! » Quelle absurdité ! C'est comme si on reprochait à quelqu'un d'être trop grand ou trop petit !... C'est mon tempérament ! Je ne peux pas le changer !

Visiblement déçu par cette réponse, le thérapeute était retombé dans son mutisme.

L'horloge marquait à présent midi moins le quart et André était toujours assis sur le canapé, immobile, les yeux fixés sur le verre. Il avait renoncé à esquisser le moindre mouvement, se laissant aller à cette dérive sans fin où ses pensées l'entraînaient.

« Pourquoi suis-je ainsi pétrifié ? se demanda-t-il. *J'ai souvent ressenti ce vertige de l'immobilité mais pas à ce point-là ! Qu'est-ce qui m'arrive aujourd'hui ? Je reste là assis sans même pouvoir remuer le petit doigt alors que je devrais être en train de faire cours à mes élèves ! C'est incompréhensible ! Qu'est-ce qui me pétrifie à ce point ? »*

Depuis longtemps, il s'était senti attiré par ce vertige de l'immobilité. Combien de fois s'était-il dit, alors qu'il était assis dans son fauteuil : *« Et si je me levais plus ? Plus jamais !... »* Alors, un frisson d'aise, en même temps que de terreur, lui parcourait le corps et il se levait brusquement, de peur d'être entraîné dans ce maelström qu'il sentait s'ouvrir et tourbillonner en lui. Dans ces cas-là, il s'occupait, s'agitait dans tous les sens, faisait la vaisselle, balayait, corrigeait des copies, l'essentiel étant de ne plus penser à ce vertige effrayant qui menaçait de l'aspirer.

Et puis maintenant il y avait ce poids, cette douloureuse crispation au niveau du plexus solaire, comme une concrétion de chagrin qui l'empêchait de respirer librement. Alors il se massait vigoureusement l'estomac enfonçant ses doigts profondément dans les replis de chair flasque comme s'il avait voulu extraire à mains nues ce mal qui le rongeait.

Quand la morsure de cette tenaille ne se faisait pas sentir, c'était alors en lui comme un grand vide, un effondrement de tout, son esprit lui semblait n'être plus qu'un champ de ruines où surnageaient quelques bribes de pensées, de langage...

Comment pouvait-on se sentir à ce point détruit, misérable ?

Comment une telle souffrance était-elle possible ?

Cette blessure aussi horrible qu'invisible, il avait pensé quelquefois à la rendre bien visible... Il y avait ce vieux fusil de chasse rangé dans le placard dans la pièce du fond, il suffisait de le charger, d'en appuyer le canon sur son ventre, là où c'est si intime, si douloureux, et puis d'appuyer d'un coup sec sur la détente... Il s'imaginait les lambeaux de chair écrasés sur les murs, et puis ce trou béant dans son âme était devenu bien réel cette fois, indéniable, indiscutable ! Mais il n'avait pas la vocation du suicide ; au paroxysme du désarroi et de l'abandon il avait toujours trouvé la force de continuer de ne pas se dérober à l'épreuve.

Et puis ce rêve, ou plutôt ce cauchemar... Que pouvait-il bien signifier ?... Que quelqu'un lui avait fait du mal, un mal si atroce qu'il l'avait refoulé au fin fond de son inconscient.

Un mal inavouable ?

Certes, on lui avait fait du mal mais de ce mal-là il pouvait en parler sans honte, il avait même entrepris de raconter l'histoire de son enfance maltraitée...

Non, ce n'était pas cela qui l'inhibait à ce point !

Le film de son existence se remit à défiler dans son cerveau : il se revoyait, enfant, rentrant de l'école et cherchant désespérément son père resté accroché à quelque comptoir de bistrot.

« Où il est Papa ? Où il est Papa ? »

Alors, il attendait que l'ivrogne rentre... Car celui qui cassait tout et s'avançait en rugissant sur sa mère sans jamais la frapper, pour la terroriser, pour la punir de ne pas s'occuper de lui, de ses enfants, non celui-là n'était pas son père mais un volcan de colère surgi de l'abîme du malheur.

Jamais il n'avait eu peur de lui car l'amour que lui portait son père était indéniable, ce qu'il redoutait par-dessus tout c'était cette violence qui balayait tout sur son passage, cette ivresse rouge et noire de l'alcool qui anéantissait tout autour d'elle et oblitérait tout espoir de bonheur.

Non, le monstre ce n'était pas ce père qui longtemps avait rempli le rôle de mère, le serrant dans ses bras, lui donnant à manger, le conduisant à l'école...

Non, le monstre c'était bel et bien son frère aîné, Franck, qui dès l'adolescence s'était mis à boire, allant de ferme en ferme pour rigoler avec les paysans et les ouvriers agricoles, dont la plupart étaient des poivrots invétérés.

Celui-là était véritablement mauvais, méchant, de par son caractère même. C'est à ce petit despote machiavélique et cruel qu'il s'était si durement affronté.

Il se rappelait les privations, les brimades, les coups de poings, de pieds, et pour finir la D.D.A.S.S, les familles d'accueil... Son seul refuge, l'école, le seul endroit où il se soit jamais senti bien, valorisé... Jusqu'à ce qu'il laisse tout tomber, en première, exténué d'angoisse et de solitude... Le bac au repêchage, sans mention... Adieu les études supérieures et bonjour les petits boulots de pion mal payé, pas considéré...

Le film ralentit puis s'arrêta tout doucement... Émergeant de sa torpeur, André jeta un regard sur l'horloge qui dardait sur lui son œil unique... 14h30 !!! Que faisait-il encore là assis, immobile, figé ? Toujours la même question, taraudante, inlassable... Et puis ce poids ! Il lui semblait peser une tonne ! Il craignit un instant de s'enfoncer dans le sol sous l'effet de cette force qui l'écrasait.

Il était là, immobile, dans l'incapacité de bouger, de remuer même le petit doigt ! Et le temps qui passait ! Cette fichue pendule qui le narguait d'un air narquois ! Il aurait bien volontiers empoigné le verre qui se trouvait toujours au même endroit pour le jeter sur ce damné cadran circulaire sur lequel les deux aiguilles progressaient inexorablement.

Les images du passé se remirent à défiler devant lui, presque toutes marquées du sceau de la tristesse et du chagrin... Sauf peut-être cette éclaircie qu'il avait connue lorsqu'il habitait Reminville où il officiait en tant que surveillant dans un collège tout en essayant de reprendre le cours de ses études de lettres.

Un vendredi soir, veille de week-end, il était assis comme à l'accoutumée sur un banc dans le petit parc situé au bas de la tour HLM où se trouvait son petit appartement. Il rêvait, laissant vagabonder ses pensées au fil de l'imaginaire. Tout à coup, il avait senti une présence près de lui : c'était une jeune fille qui devait avoir dans les seize ans. Son fin visage, quelque peu ovoïde et au teint pâle, resplendissait d'un étrange éclat serti dans l'écrin d'une ample chevelure brune cascadant sur ses frêles épaules qui émergeaient d'un corsage de satin. Ses yeux, couleur d'émeraude, conféraient à toute sa personne l'expression d'une extrême sensualité. La première pensée qui lui était venue à l'esprit était celle-ci :

« Comment est-il possible pour une fille d'être aussi belle ? On dirait une apparition, son corps et ses traits sont si fins qu'on les dirait sculptés dans de la neige, ou dans du givre, et pourtant elle m'inspire tout sauf de la froideur ! »

En le voyant ainsi bouche bée, la fille s'était mise à rire et cela avait été autant de bulles de cristal qui s'étaient répandues dans les airs.

— Alors, encore en train de rêver ? avait-elle demandé.

— Ben oui, j'aime à laisser aller mes pensées, je m'invente des histoires... Pas toujours très gaies malheureusement !

— Je sais cela, avait-elle répondu, le visage tout à coup empreint d'une certaine gravité.

— Comment est-ce possible ?

— C'est que, voyez-vous, je fais un peu partie de vous, je vous observe depuis si longtemps, vous parlez souvent de moi dans vos poèmes...

À ces mots, il avait bougé la tête de droite à gauche en signe de dénégation car le fait qu'il écrivait des poèmes avait toujours été un secret jalousement gardé.

— Ne dites pas non ! avait-elle poursuivi, vous en écrivez et je peux même vous en réciter quelques-uns par cœur.

— C'est impossible ! s'était-il exclamé.

Alors, la jeune fille s'était mise à psalmodier les derniers poèmes qu'il avait composés d'une voix aux inflexions si douces que ceux-ci prenaient une autre dimension, c'était comme s'ils avaient été prononcés du bord d'un autre monde.

— Vous vous êtes introduite chez moi pour fouiller dans mes affaires ! Comment pourrait-il en être autrement ?

— Allons, allons, s'était-elle contentée d'ajouter, vous *êtes* vos poèmes, je les lis dans votre regard, savez-vous qu'en ce moment ils dansent autour de vous en guirlandes légères ?

— Je ne vous crois pas !

— Et pourtant ! Mais laissons ceci... Je suis votre amie. J'aimerais rentrer avec vous.

— Chez moi ? avait-il demandé d'un air surpris.

— Oui, chez toi !

« Elle s'est mise à me tutoyer... Mais qui est donc cette fille ? »

— Pas besoin de se poser tant de questions ! avait-elle répondu avant même qu'il ne l'interroge... Allez, viens !

Et elle l'avait pris par la main tout naturellement. Il avait ressenti un léger frisson au contact de sa peau, et puis quelque chose d'infiniment doux et rafraîchissant l'avait saisi dans une étreinte invisible lui procurant un bien-être tel qu'il n'en avait jamais connu jusque là... Ce n'était pas le vent... D'ailleurs il n'y en avait pas... Non, c'était autre chose...

À peine étaient-ils entrés dans l'appartement qu'elle l'avait entraîné vers la chambre. En moins de temps qu'il ne faut pour l'écrire ils s'étaient retrouvés tous les deux nus. De ses bras semblables à des lianes souples, elle l'avait enlacé, l'attirant à elle. Ses jambes vives et fines resserrées sur ses reins l'avaient presque forcé à entrer en elle.

Cela avait été comme un éclair.

Il s'était mis à la pénétrer sans peine. Et puis tous deux ayant atteint l'orgasme en même temps, ils avaient plongé dans l'abîme sans fond d'une invraisemblable extase... Des vagues de plaisir leur parcouraient le corps et l'âme, se renouvelant sans cesse, le maintenant, lui, dans un orgasme quasi constant... L'espace et le temps semblaient avoir disparu. Il flottait entre deux mondes en proie à une jouissance qui arrachait du plus profond de son être ce bloc de chagrin durci dont il n'était jamais parvenu à se débarrasser jusque là. Des images s'étaient mises à défiler dans son esprit... Il se mouvait dans un espace inconnu où dominait la couleur blanche, des bouquets de nuées venaient lui effleurer le front, des roses pâles, étincelantes de fraîcheur, s'ouvraient comme des cœurs sur des balcons éthérés qu'un ciel inconnu baignait d'un éclat prodigieux, des arbres luminescents s'élevaient si haut dans le ciel que leurs cimes demeuraient invisibles... Il se trouvait hors de lui-même tout en jouissant de ce plaisir extrême dont il ignorait qu'il pût même exister ! Et toujours ces deux lianes vives qui se resserraient sur ses reins l'obligeant à se vider de sa semence dans cette vasque de chair, au centre de ce jardin insoupçonné qu'était devenu le corps de la jeune femme.

Et cela avait duré jusqu'au matin…

Lorsqu'il s'était réveillé, elle n'était plus là, il avait embrassé longuement les draps qui avaient gardé l'odeur de son corps de flamme et de son sexe de braise ardente à la douceur incommensurable... Il était resté longtemps au lit. C'était un samedi, il ne travaillait pas... Un bonheur indicible habitait désormais sa poitrine si souvent broyée par l'angoisse et ce bonheur surhumain se décuplait à la seule pensée de la revoir, ce dont il était absolument certain. Le lundi matin suivant, il s'était rendu au travail rempli d'une joie de vivre qui tranchait sur l'humeur sombre qu'il affichait d'habitude. Il s'était même surpris à siffloter en faisant ranger les élèves, ce qui n'avait pas manqué de les étonner :

— M'sieur, vous avez l'air bien gai aujourd'hui ! lui avait fait remarquer Fusilier, un des pires cancres que l'école eût jamais porté dans ses flancs.

— C'est que j'ai de bonnes raisons de l'être ! avait-il répondu sur un ton jovial.

— On peut savoir lesquelles ? avait demandé Fusilier, le regard plein de malice.

— Certainement pas ! C'est pas tes oignons !

— Sûr que vous avez rencontré une gonzesse ! Y'a que ça pour rendre un mec aussi joyeux ! avait-il lancé à la cantonade, recherchant l'approbation de ses camarades.

Il s'était contenté de hausser les épaules tout en faisant le tour des rangs tel un chien de berger rassemblant les brebis égarées. Lorsque les élèves eurent regagné leurs classes, il s'était rendu dans le bureau des surveillants, surprenant également ses collègues par sa soudaine amabilité. À vrai dire il baignait dans une sorte d'océan de joie dont la source se nichait au creux de son plexus, à l'endroit même où il sentait d'habitude comme la lame d'un couteau. Tout et tout le monde lui semblait merveilleux, aimable à souhait... Même la conseillère d'éducation, Madame Legris dont l'air revêche la faisait si bien correspondre à son patronyme.

La semaine s'était écoulée ainsi, comme dans un rêve, car il *savait* qu'il *la* retrouverait le vendredi soir au même endroit et à la même heure.

Et le vendredi était arrivé.

Comme prévu, il l'avait sentie assise près de lui comme la première fois... Il n'avait pas cherché à la voir arriver, il savait qu'elle apparaîtrait comme ça comme par enchantement.

— Toujours le rêve ? lui avait-elle demandé.

— Toujours ! s'était -il contenté de répondre. Tu sais, je n'ai jamais été aussi heureux qu'en ce moment et c'est grâce à toi !

— Non, c'est grâce à Toi ! avait-elle précisé en appuyant bien sur chaque syllabe.

— Et pourquoi « grâce à moi » ?

— Parce que, comme je te l'ai déjà expliqué, je fais partie de toi.

— Tu veux dire que tu n'es qu'une création de mon esprit, une sorte de fantasme ?

— Suis-je donc immatérielle ? s'était-elle exclamée en éclatant de rire. Touche-moi ! Allez !

Il avait avancé la main, lui avait pris le poignet, s'était mis à lui caresser le visage et même les seins.

— Ah non ! Pas ici, avait-elle ri en lui donnant une petite tape sur la main. On y va ? avait-elle ajouté en le tirant légèrement par le bras.

Ils s'étaient bientôt retrouvés nus, leurs deux corps enlacés dans une fougueuse étreinte... À nouveau, les jambes lisses et fines de la jeune fille s'étaient resserrées autour de ses reins. Le même éclair de plaisir les avait dès lors réunis, la même exultation les avait emportés à la crête d'une vague qui s'élevait toujours plus haut, les portant vers des cimes encore inexplorées du plaisir naissant de la communion de leur corps et de leur âme car, outre les sécrétions intimes, c'était des flots de rêves, de pensées, qui passaient de l'un à l'autre les réunissant dans un vaste coït cosmique dont l'incessant jaillissement éclaboussait d'étoiles les vides innommés.

Le lendemain matin il s'était réveillé seul, comme la première fois, il était resté des heures au lit à respirer l'odeur de cette jeune femme dont les étreintes lui avaient fait retrouver le chemin du Paradis perdu. Cela avait duré ainsi pendant des mois jusqu'à ce jour où…

Il se rappelait bien ce qui s'était passé ce jour-là, chaque image de cette tragédie était restée imprimée dans sa mémoire. Comment cela avait-il pu être possible ? Il était entré comme d'habitude, avec la jeune fille – dont il ignorait toujours le nom d'ailleurs ! Pourquoi n'avait-il donc pas même songé à le lui demander ? Ce n'est qu'en cet instant que cet oubli lui apparaissait dans toute son incongruité !

Leurs ébats avaient commencé quand une voix s'était fait entendre dans le living :

– André, j'ai besoin de te parler de quelque chose... Et dans l'encadrement de la porte de la chambre s'était dessinée la silhouette de Nelly, sa voisine qui était affligée des affreux stigmates de la poliomyélite et dont le corps semblait avoir été broyé par une gigantesque tenaille. La jeune fille s'était soudain redressée, avait sauté au bas du lit, enfilé sa petite culotte rose, sa robe légère et s'était précipitée vers la sortie.

– Attends ! Attends ! s'était-il écrié. Ne t'en va pas ! C'est rien ! C'est Nelly ! Pourquoi te sauves-tu ?

En proie à une peur irrépressible de la perdre, il n'avait même pas pensé à s'habiller ! C'est ainsi qu'on l'avait vu traverser la rue complètement nu sans prendre garde aux voitures dont l'une avait bien failli le renverser.

– Ça va pas la tête ? Vous voulez vous faire tuer ? Et puis qu'est-ce que c'est que ces façons de se balader à poil ? s'était écrié le conducteur.

Assis sur le capot de la voiture, il ne faisait que répéter :

– Vous ne pouvez pas comprendre... Maintenant elle ne reviendra plus... Plus jamais... Je le sais... Et tout ça à cause de cette idiote qui a fait irruption dans ma chambre...

Voyant qu'il avait affaire à quelqu'un de passablement dérangé, l'automobiliste l'avait raccompagné jusqu'à son appartement où Nelly était demeurée immobile, appuyée sur ses deux béquilles, tétanisée par ce qui venait de se passer.

— Faut-il appeler un médecin ou la police ? avait demandé l'accompagnateur.

— Non, ce n'est pas la peine, je crois que ça va s'arranger, avait-elle soupiré, il n'est pas dangereux, il aura oublié de prendre son traitement, c'est tout.

Lorsqu'ils s'étaient retrouvés seuls, Nelly avait réussi à le convaincre de s'habiller, ce qu'il avait fait à la manière d'un automate en ne cessant de répéter : « *Elle est partie, elle est partie, maintenant elle ne reviendra plus... »*

— Mais de qui parles-tu ? avait demandé Nelly, il n'y avait personne !

— Personne ! Mais bon dieu, elle était là et on faisait l'amour !

— Je t'assure qu'il n'y avait personne ici à part toi... Tu étais en train de t'agiter comme un diable sur ton lit...

— Tu veux peut-être dire que je me masturbais pendant que tu y es ?

— En tout cas, ça y ressemblait !

— Imbécile ! On était en pleine extase ! C'est toi qui l'as fait fuir avec ta carcasse tordue ! lui avait-il lancé tout en sachant ce qu'il y avait d'ignoble et d'injuste dans ses paroles... Mais il avait voulu lui faire mal, la faire souffrir autant que lui souffrait en ce moment.

Nelly, après avoir éclaté en sanglots, s'était dirigée vers la sortie du plus vite qu'elle avait pu. Après quelques minutes de prostration, il s'était mis à tout casser dans l'appartement, à renverser les quelques meubles qu'il possédait, allant même jusqu'à briser les vitres, ce qui avait ameuté tout le voisinage... Le gardien de l'immeuble avait appelé la police qui, constatant que la crise ne se passait pas, l'avait conduit aux urgences psychiatriques. Il ne se souvenait plus exactement de ce qui s'était passé après. Il en avait seulement gardé une impression d'extrême pesanteur. On avait dû lui injecter une dose massive de somnifère. Le lendemain, il avait vu le psychiatre à qui il avait raconté sa mésaventure et le pourquoi de son accès de colère. Le praticien s'était contenté de hocher la tête et de lui dire :

— Vous savez, Monsieur, ici, ce sont les urgences et vous, vous avez besoin de vous reposer pendant quelque temps. Aussi je vais vous faire admettre au Vallieu qui est une maison de repos, justement, et où vous pourrez reprendre vos esprits.

Le bon d'admission avait été rempli séance tenante et quelques heures plus tard à peine, une ambulance l'avait emmené jusqu'au Vallieu où il avait été dirigé vers un service appelé « le secteur » afin d'y être soumis à une cure de sommeil. Il avait appris par la suite que cette cure avait duré deux bonnes semaines. Durant cette période, il n'émergeait qu'une fois par jour pour se nourrir et avaler une grosse capsule ronde bourrée de diverses drogues hypnotiques...

« *Ça ressemble à une hostie, voilà maintenant que je communie !* » se disait-il chaque fois avant de sombrer dans les abysses d'un sommeil de plomb. Cependant, lorsque les drogues commençaient à perdre de leur effet, une heure environ avant qu'il ne se réveille, le même cauchemar venait le hanter : il voyait un mur nu et blanc au milieu duquel se trouvait une petite ouverture de forme carrée traversée de barreaux contre lesquels se pressait le visage tordu de douleur de la jeune fille qui hurlait mais dont les hurlements étaient étouffés par un silence épais et cotonneux. De ses deux mains crispées, elle s'accrochait à ces barreaux qui, tout à coup, devenaient incandescents, faisant fondre ses doigts frêles et presque transparents dans un dégagement de fumée âcre où disparaissait son visage convulsé. Juste après cet épisode réjouissant, il se levait tel un zombie, assommé par les drogues, pour aller manger machinalement sans même se préoccuper de ce qu'il y avait dans son assiette. Ce n'est qu'après cette cure qu'il avait vu pour la première fois le docteur Leplat.

Leplat était un homme rond, à la figure plutôt joviale dans laquelle scintillaient de petits yeux vifs couleur noisette, en partie dissimulés derrière de grosses lunettes à monture d'écaille. Il l'avait longuement écouté ponctuant le récit de petits froncements de sourcils, puis, il avait fini par demander :

— Êtes-vous vraiment sûr que cette fille existe ?

— Que voulez-vous dire ? avait-il répliqué.

— Eh bien, vous m'avez l'air d'être quelqu'un d'intelligent et de très imaginatif, vous poursuivez, d'après ce qu'on m'a dit, des études de Lettres tout en travaillant comme surveillant dans un collège... L'imagination peut nous jouer bien des tours vous savez !

— Vous pensez que je l'ai *imaginée* !!!

— Pas vraiment... Cependant les fantasmes – votre aventure est quand même *très* sexuelle –, peuvent parfois... comment dire... déformer la réalité... créer des illusions...

— Alors je suis fou ?

— Non, « fou » est un mot qui ne veut rien dire... L'esprit humain peut, dans certains cas de souffrance morale, susciter ce qui lui manque pour combler un vide...

— Alors, j'aurais imaginé cette fille ! Non ! C'est impossible !

— Que savez-vous d'elle, à part son indéniable don pour l'extase orgasmique ? Connaissez-vous seulement son nom ?

Il avait hésité avant de répondre... Leplat s'était aperçu qu'il avait marqué un point.

— Euh, non, je n'ai pas même pensé à le lui demander, cela était si évident ! Elle était mon amie... Depuis toujours...

— Comment ça ? Vous l'aviez déjà rencontrée avant ?

— Non, bien sûr, mais c'était comme si je l'avais toujours connue...

— Vous avouerez que c'est quand même un peu étrange, votre histoire…

Leplat s'était levé pour prendre congé :

— Nous nous verrons trois fois par semaine jusqu'à ce que vous ayez mis de l'ordre dans vos idées. Je vous prescris un traitement médicamenteux pas trop agressif qui va vous aider à aller mieux.

Avant même qu'il ait pu répondre quoi que ce soit, il s'était retrouvé à l'extérieur du cabinet du psychiatre qui, comme la plupart de ses collègues médecins, était très doué dans l'exercice de la « prise de congé ».

Après avoir congédié son « patient » le docteur était demeuré quelques instants perplexe… Ce Jeune homme, il lui semblait l'avoir déjà rencontré quelque part... Mais où ?

Lors de leur deuxième entrevue, Leplat lui avait demandé de lui faire un exposé succinct des événements marquants de son enfance, et de son adolescence.

— Ce n'est pas compliqué, avait-il répondu, mon existence jusqu'ici peut se résumer en quelques mots : deuil, chagrin, coups, foyer d'accueil... et grande désillusion !!!

— Veuillez m'expliquer un peu plus en détail afin que je me fasse une idée plus précise des traumatismes que vous avez subis.

— Eh bien, le deuil, c'est celui de mon père qui est mort d'alcoolisme, le chagrin qui s'en est suivi, les coups généreusement prodigués par mon frère aîné Franck, et le foyer d'accueil de Sylvemer où l'on m'a placé pour me soustraire à la maltraitance...

— Vous dites bien Sylvemer ?

— Oui, Sylvemer... J'y suis entré alors que j'avais environ douze ans et j'en suis sorti à seize.

— Je crois qu'il est inutile d'aller plus loin aujourd'hui, nous nous reverrons une prochaine fois, avait déclaré Leplat en se levant précipitamment de derrière son bureau.

Le psychiatre l'avait raccompagné encore plus rapidement que la fois précédente vers la sortie. Cette réaction l'avait laissé à son tour en proie à une grande perplexité. Lors de la consultation suivante, il avait été reçu par le docteur Lelièvre qui, malgré un abord plutôt froid, lui avait inspiré d'emblée une grande confiance. Lelièvre était grand, mince, une abondante chevelure brune et ondulée adoucissait ses traits anguleux et son menton presque carré ; ses yeux d'un bleu intense étaient empreints d'un magnétisme d'où émanait une grande autorité. Sa poignée de mains était vigoureuse et franche comparée à celle de Leplat qui donnait l'impression de serrer quelque chose de gluant, de visqueux, qui se dérobait.

— Mon collègue a préféré ne plus vous suivre, ne me demandez pas pourquoi, je l'ignore !

Et après quelques secondes de silence :

— Vous savez, le « transfert » — nous appelons ainsi la relation entre le thérapeute et son patient — parfois ne s'effectue pas bien, ou ne se crée pas... La psychothérapie est loin d'être une science exacte, ce n'est qu'une pratique avec tous les aléas que cela comporte...

— C'est une question d'ondes, en quelque sorte ! avait-il fait remarquer au psychiatre qui avait acquiescé vivement :

— C'est tout à fait cela...

Le psy avait compulsé rapidement son dossier :

— Je vois, je vois, avait-il murmuré en parcourant l'unique page que Leplat avait recouverte de son écriture en pattes de mouche, c'est un peu succinct quand même. Puis, levant ses yeux d'un bleu quasi métallique vers son patient, il avait ajouté :

— Enfance malheureuse, maltraitance... Votre inconscient vous a poussé à vous réfugier dans un monde imaginaire...

Il l'avait violemment interrompu :

— « Elle » n'est pas imaginaire !!! Je l'ai touchée, j'ai senti son odeur, je l'ai pénétrée... Je sens encore ses jambes autour de mes reins...

— Bon, soit ! avait conclu Lelièvre... Peut-être qu'elle était réelle après tout, on n'en sait rien... Mais la personne qui vous a vu ce jour-là a plusieurs fois réaffirmé que vous étiez seul quand...

— Oui, et qu'elle m'a surpris soi-disant en train de me branler ! N'ayons pas peur des mots... Mais pourquoi devrait-on la croire, elle ? Elle est jalouse ! Depuis le temps qu'elle se cherche un homme avec ses béquilles, sa carcasse tordue, sa démarche de crabe ! Elle me lorgne dessus depuis que j'ai emménagé dans l'appartement d'à côté...

Elle croyait peut-être que j'allais tomber sous son charme ! Elle me voyait seul, un peu déprimé sans doute, elle avait de l'espoir mais quand *elle* est arrivée, elle a su aussitôt qu'elle avait perdu !...

Il avait marqué une pause, sa respiration était devenue haletante... Le médecin l'observait attentivement de son regard froid.

Puis, il avait repris :

— C'est son comportement inattendu à *elle* qui lui a fait entrevoir une chance de gagner malgré tout... Cette disparition en coup de vent, le fait que je ne sache même pas son nom, son adresse... Nier son existence c'était me jeter dans les bras de la psychiatrie, de l'anormalité, c'était me forcer à me rapprocher d'elle... Plutôt crever !

Et il avait craché par terre comme pour entériner sa conclusion.

Lelièvre l'avait laissé aller jusqu'au bout de sa tirade. Lors qu'il eut terminé il laissa échapper :

— Quelle colère !

— Oui, je suis en colère et il y a de quoi !

— Bien sûr, mais je ne crois pas que votre voisine soit la véritable cause de votre colère.

— Pourquoi ?

— Parce que cela est trop profondément enraciné en vous, cette violence, je suis sûr que vous la subissez depuis longtemps, qu'elle vous dévore de l'intérieur et vous force à vous réfugier dans un monde harmonieux plein de tendresse et de volupté. Qu'en pensez-vous ?

Il avait attendu quelques instants avant de répondre... C'est vrai qu'en y réfléchissant, il lui était souvent arrivé de se montrer violent... Comme la fois où son imbécile de frère avait tué sa chienne à la chasse alors qu'il était saoul ! Il s'était revu en train de déterrer la pauvre bête afin de pouvoir la serrer encore dans ses bras... Ensuite il s'était emparé du fusil et le tenant par le canon il en avait brisé la crosse en tapant à toutes forces sur un meuble... Une rage incoercible l'avait alors débordé de partout... Il avait revu Franck en train de le regarder d'un air hébété... Eh oui, la peur avait désormais changé de camp et il en avait éprouvé une certaine jouissance... Non, cela il ne pouvait pas le nier.

— D'où me vient ce volcan de colère que je porte en moi d'après vous ? De la maltraitance que j'ai subie de la part de mon frère ?

— En partie seulement, je ne pense pas que les véritables causes de votre névrose soient encore clairement identifiées, les racines du mal seront difficiles à extirper !... C'est un travail de longue haleine qui nous attend, un chemin tortueux semé d'embûches mais que je vous aiderai à parcourir dans la mesure de mes moyens. Voulez-vous entreprendre cette tâche ?

— Puis-je faire autrement ? avait-il répondu.

— Je ne pense pas... Ou alors vous vous laisseriez dériver vers une psychose qui vous conduirait peut-être à un internement prolongé.

— Alors, commençons ! avait-il soupiré. De toutes façons, je ne peux pas souffrir plus que je ne le fais en ce moment !

La thérapie avait donc commencé la fois suivante.

Les antidépresseurs et les anxiolytiques l'avaient aidé à atténuer un tant soit peu son mal-être, à pouvoir subsister au milieu du champ de ruines que son âme était devenue, à dégager çà et là quelques petits arpents d'espoir, à oublier de temps en temps ce trou béant qu'il sentait au niveau de son estomac.

Les premières séances s'étaient montrées assez décevantes... Toujours le même rabâchage !... Les scènes d'alcoolisme, les hurlements de la mère, la maladie, la mort, les coups, le foyer, le pensionnat puis le retour progressif à la « maison », seulement les week-ends... De peur de se faire tuer un jour par l'autre...

— J'ai l'impression de tourner en rond ! s'était-il exclamé à la fin d'une séance... J'approche de quelque chose d'infiniment douloureux, d'insoutenable et je m'en écarte à chaque fois, inconsciemment !... Il *faut* que j'atteigne cet épicentre de ma souffrance pour pouvoir en desserrer les nœuds, en libérer tous les serpents, même si je dois y laisser ma vie, ma raison !

— Je suis d'accord avec vous, avait acquiescé Lelièvre, mais pour cela je vais devoir recourir à une technique que mes confrères n'apprécient guère car ils la trouvent dangereuse.

— Et de quoi s'agit-il ?

— De l'hypnose.

— En quoi cela peut-il être dangereux ?

— La confrontation avec ce que l'inconscient a refoulé peut s'avérer insupportable et aggraver encore les symptômes.

— Je n'ai rien à perdre, hypnotisez-moi !

Il avait regardé le pendule osciller devant ses yeux tout en se laissant bercer par la voix assourdie du psychiatre :

— Laissez-vous aller, vous vous endormez, ne pensez plus à rien, lâchez prise, libérez votre esprit, laissez venir les images...

À chaque fois, la transe hypnotique avait généré les mêmes images : il se trouvait dans un couloir très long, sans aucune ouverture et qui se terminait par une porte de fer massive impossible à ouvrir. Il tentait bien de manœuvrer la poignée mais celle-ci devenait incandescente et lui brûlait la main provoquant une douleur atroce tandis que la porte, elle, prenait une teinte noir anthracite se colorant sur son pourtour d'un liséré rouge vif comme si elle contenait l'assaut d'un brasier ardent.

« Il faut ouvrir cette porte ! » lui suggérait le docteur avec insistance, mais lorsqu'il posait la main sur la poignée rougie, une lame de feu le traversait de part en part... La douleur se faisant plus intense au fil des tentatives, il avait dû renoncer à chaque fois, de plus en plus accablé de fatigue à la fin de chaque nouvelle séance.

Combien de fois avait-il essayé de l'ouvrir, cette porte ?

Elle dissimulait à coup sûr le nœud gordien de son angoisse, mais elle demeurait infranchissable !

Devant l'inutilité de cette épreuve qui épuisait le jeune homme, le psychiatre avait donc résolu d'en rester là. La psychothérapie – les séances d'hypnose n'avaient lieu qu'une fois par semaine – et le traitement médicamenteux avaient commencé à faire de l'effet, les apparitions oniriques de la jeune fille, dont les mains s'agrippaient à des barreaux incandescents, s'étaient faites plus rares et moins violentes... Progressivement elles avaient disparu et il avait dû se résigner à admettre qu'*elle* était le produit de son imagination. Son état s'améliorant de semaine en semaine, le docteur Lelièvre avait signé son bon de sortie, tout en lui recommandant de venir le voir en consultation une fois par mois et de le contacter en urgence au cas où les symptômes réapparaîtraient. Son existence avait repris, à la fois morne et compliquée...

Ses yeux fixèrent l'horloge dont les aiguilles indiquaient maintenant dix-neuf heures. Mais était-ce encore le vendredi ou bien était-ce déjà le samedi ? Il n'aurait sur le dire. Il était là assis immobile depuis une éternité lui semblait-il. Au fond, est-ce que ça avait de l'importance ? Il avait achevé pour le moment son voyage dans le passé, mais quelque chose lui faisait pressentir que celui-ci reprendrait bientôt... Car la cause de sa souffrance s'y trouvait. Il pensait bien « *la* cause » car il était sûr qu'il n'y en avait qu'une seule, une principale, que toutes les autres n'étaient que secondaires et que ce mal qui l'accablait depuis tant d'années plongeait ses racines obscures au plus profond de son inconscient. Il regarda de nouveau l'horloge dont le balancier oscillant de gauche à droite lui rappela le pendule qu'utilisait Lelièvre pour l'hypnotiser... Il se retrouva bientôt dans ce même couloir donnant sur cette porte qu'il n'avait jamais pu ouvrir jusque là... Il y avait toujours ce même liseré de feu qui courait tout autour, et la même poignée qui, cette fois-ci, n'avait pas l'air d'être incandescente... Mais comment savoir ? Il entendit la voix du psychiatre :

« *Il faut ouvrir cette porte sinon vous ne saurez jamais !* »

Alors, presque sans réfléchir, il posa la main sur la poignée métallique qu'il actionna sans peine et la lourde porte tourna lentement sur ses gonds... Il s'attendait à être dévoré par la bourrasque de l'incendie mais à sa grande surprise, il se retrouva dans une pièce plongée dans une demi-pénombre... Il s'avança prudemment jusqu'à l'extrémité de celle-ci où il distingua un bureau derrière lequel un homme se trouvait assis. Un jeune garçon lui faisait face. L'homme, dont il ne pouvait pas apercevoir le visage car il se tenait penché en avant, promenait un pendule devant les yeux du garçon qui semblait être plongé dans une transe hypnotique. Il s'approcha encore et tendit l'oreille. Il entendit la voix murmurer :

– Je suis le pire esprit que tu aies pu rencontrer, le pire ! Mais tu vas servir à de grandes expériences... Grâce à toi, je vais prouver au monde qu'on peut façonner une âme grâce à l'hypnose et conditionner le comportement de l'individu.

L'enfant ne bougeait pas, il demeurait immobile, les yeux fixés sur cette bille d'acier chromé qui figurait peut-être pour lui en ce moment la terre, et la voix de l'homme, celle de Dieu !

La voix continuait :

– Avec tout ce que tu as souffert déjà : la violence, le deuil, le chagrin et les études supérieures que tu ne pourras pas faire – car tu le sais !!!ajouta-t-il en aparté – ; oui à cause de tout cela, il est impossible que tu sois un enfant heureux, tu vas, tu dois t'enfermer dans la tristesse, l'aigreur, la colère et cette colère – faute de pouvoir la diriger contre les autres – tu la retourneras contre toi !!! Oui c'est toi que tu dois faire souffrir, tu n'as pas le droit d'être heureux, tu fais partie des damnés ! Crois-moi, je sais de quoi je parle ! Le Mal appelle le Mal !... Toujours ! Jamais il n'appelle le Bien ! Chacune des paroles que je prononce, que je te répète chaque semaine depuis bientôt deux ans maintenant, eh bien chacune de ces paroles tresse une entrave d'acier incandescent qui ligotera ton âme jusqu'à la mort, et même après car, sache-le, IL N'Y A PAS DE SALUT !... Il n'y a pas de fin du tunnel comme ont pu te le dire des âmes charitables ; pour des êtres comme toi voués au malheur, le tunnel continue jusqu'au bout toujours aussi obscur, froid, avec ses parois gluantes contre lesquelles on ne peut s'appuyer car même les mains y glissent... Non, tu souffriras jusqu'au bout car c'est ta destinée et personne n'y pourra rien, surtout pas Dieu car il n'existe pas !

Il demeura saisi de stupeur devant ce spectacle invraisemblable, les abominables paroles qu'il venait d'entendre l'avaient transpercé comme autant de coups qui lui auraient été donnés par une lame invisible, il ressentit une violente douleur au niveau du plexus, et une atroce raideur lui paralysa la nuque et les épaules. Qui était ce démon qui venait de parler ainsi et qui était cet enfant à qui on faisait subir cet ignoble lavage de cerveau ? Il s'avança encore un peu de manière à pouvoir distinguer le visage de ce sinistre personnage et, peu à peu, dans le halo diffus que projetait la lampe de bureau, il aperçut un visage jeune, assez rond avec des lèvres minces et effilées comme des lames de rasoir et que surmontait une ébauche de moustache. Il frissonna. Il connaissait ce visage, cette voix. Mais où avait-il donc déjà rencontré cet infâme personnage ? Il entendit la voix qui continuait :

— Je vais compter lentement de trois jusqu'à zéro, quand tu entendras « zéro » tu te réveilleras en ayant oublié tout ce que t'ai suggéré... Mais ton inconscient lui n'oubliera jamais !...

L'hypnotiseur étouffa un gloussement de satisfaction.

Ce sadique méritait une bonne raclée; il voulut se lever d'un bond pour saisir à la gorge le tortionnaire mais son corps paralysé ne répondit pas... Hélas, il ne se trouvait là-bas qu'en esprit, il voyageait dans sa mémoire...

Cela s'était passé il y a longtemps et cette scène incroyable était restée enfouie dans son inconscient. Mais qui était l'enfant ? Cette question le hantait, il fallait qu'il voie son visage...

L'enfant se réveilla, un peu étonné de se retrouver là devant ce bureau. Il se leva pour s'en aller tout en remerciant le praticien qui venait de lui répéter que ces séances avaient pour seul but de le faire aller mieux.

L'enfant avait souri tout en ajoutant :

— Vous savez, je vais bien !

— C'est pour prévenir les séquelles que pourraient avoir laissées les traumatismes que tu as connus : la mort de ton père, la maladie de ta mère, la violence de ton frère...

À ces mots, le visage de l'enfant se rembrunit puis il se retourna pour se diriger vers la sortie. Ce n'est qu'alors qu'il put le voir : ce visage, c'était le sien ! C'était lui quand il avait douze ou treize ans, quand il était au foyer de Sylvemer. Et cet homme odieux... Soudain, ce fut comme un éclair... Leplat ! Oui, c'était Leplat, le psychiatre qui l'avait reçu au Vallieu après sa crise hallucinatoire ! Mais que pouvait-il bien faire à l'époque au foyer ? Il fit un effort surhumain pour se souvenir : Leplat ne venait que pendant les week-ends, il devait travailler comme simple surveillant pour payer ses études de médecine. Alors, c'était donc lui ce « pire esprit, ce pire spirite » qui avait ressurgi dans son esprit pour qu'il se souvienne, qu'il ramène à la surface de sa conscience ce lourd bloc de souffrance enfoui dans les abysses de sa mémoire, cette œuvre démoniaque forgée par un futur psychiatre ! Il constata que peu à peu les visions s'éloignaient, comme s'il marchait à reculons, il se retrouva dans le couloir, puis, tout à coup, quelque chose l'empoigna par derrière pour le ramener sur son canapé à la vitesse de l'éclair. Il entendit de nouveau le tic-tac de l'horloge mais évita de regarder l'heure craignant que la vue du balancier et de sa perpétuelle oscillation ne le replonge dans l'hypnose. Pris d'un violent accès de rage exacerbé encore par le fait de son inexplicable paralysie, il décida de convoquer mentalement le docteur Leplat sans douter un seul instant que cela fût possible. Et l'invraisemblable se produisit : Leplat se tenait devant lui apparemment doté de toutes ses caractéristiques physiques, hormis une sorte de halo de brume légère qui l'entourait.

Le docteur, surpris de se retrouver en cet endroit, poussa une exclamation qu'il perçut psychiquement :

— Comment ? C'est vous ? C'est vous qui venez de m'appeler ?

— Oui, c'est moi, c'est bien moi, répondit-il sans même remuer les lèvres... Vous voyez comme on se retrouve !

— Et qui êtes-vous ?

Leplat regardait attentivement André sans parvenir à le reconnaître.

— Vous ne vous me remettez vraiment pas ?

— Ma foi, je dois avouer que non...

— Je suis le « patient « que vous avez accueilli au Vallieu il y a vingt-cinq ans de cela...

— Vingt-cinq ans ! Comment voulez-vous que je me souvienne ?

— Pourtant je suis également l'enfant à qui vous avez fait subir d'abominables séances d'hypnose au foyer de Sylvemer alors que je devais avoir dans les douze ans...

— Qu'est-ce que c'est que cette histoire ? Qui vous a mis cela en tête ?

André poursuivit d'un ton apaisé :

— Mais votre collègue, le docteur Lelièvre... En recourant également à l'hypnose afin de me guérir d'une crise hallucinatoire et de me délivrer d'une angoisse protéiforme et, à force, invalidante...

Leplat haussa les épaules, après quoi il chercha une chaise pour s'asseoir en face d'André et ce n'est qu'à ce moment précis qu'il s'aperçut qu'il n'avait pas de corps physique mais simplement un ectoplasme qui reproduisait son apparence...

— Comment cela se peut-il ? Où est mon corps ?

Un spasme de terreur traversa la silhouette brumeuse lui faisant perdre pour un instant le pâle éclat qu'elle exhalait.

— Oh ! Votre corps !... Ne vous en faites pas pour lui, il doit être resté à l'endroit où vous vous trouviez quand je vous ai *appelé* !

— Et que me voulez-vous ?

— Vous faire payer très cher les tortures dont vous m'avez accablé lorsque j'étais enfant.

— Quelles tortures ?

— Ne jouez pas à ça avec moi ! Vous *savez* pertinemment de quoi il s'agit !

— Non ! Je n'en sais rien !

— Vous ne vous rappelez pas les séances ni les horribles suggestions que vous m'inspiriez afin de me perclure d'inhibitions, de me détruire psychologiquement ?

— Non !

— Pourtant, je viens de les revivre à l'instant ! À l'occasion de cette paralysie qui me frappe aujourd'hui, je me suis rappelé la crise hallucinatoire qui m'a conduit au Vallieu et permis de retrouver votre trace...

— Et que voyiez-vous lors de ces hallucinations ?

— Une jeune fille d'environ seize ans avec laquelle je me livrais à des ébats sexuels qui dépassent l'entendement.

Leplat esquissa un sourire du bout de ses lèvres effilées dont le spectre reproduisait assez fidèlement la forme.

— Vous voyez bien que vous vous souvenez !

Le psychiatre ne répondit pas, perdu dans une réflexion qui semblait le captiver.

— Ce n'est pas par hasard que vous n'avez pas voulu poursuivre ma psychothérapie quand je vous ai dit que j'avais séjourné au foyer de Sylvemer lorsque j'étais enfant... Lâche, vous avez eu peur que je vous reconnaisse, que le souvenir de ces séances atroces ne refasse surface et que je vous confonde.

— Il y a un peu de cela, sourit Leplat, mais croyez-moi tout n'a pas été aussi douloureux que vous l'affirmez !

— Enfin ! Nous y voilà !... J'attends, j'exige même une explication !

Leplat soupira en portant ce qui lui servait de main à son menton :

— Quand vous êtes arrivé au foyer, vous aviez douze ans et ce qui m'étonna le plus c'est que, en dépit des expériences traumatisantes que vous aviez vécues, vous aviez gardé une étonnante joie de vivre et des facultés intellectuelles inhabituelles chez un enfant de votre âge.

— Quoi ? Je n'étais donc pas un enfant triste ? sursauta André en proie à un vif étonnement.

— Pas le moins du monde, je vous l'assure ! répondit le psychiatre.

— Vous m'avez donc tellement empoisonné l'esprit et l'âme que durant toute ma vie je n'ai pu m'imaginer avoir été un seul instant heureux...

— C'était bien le but recherché, admit le psychiatre, malheureusement je n'ai pas pu constater ma réussite à l'époque !...

Il poursuivit, comme s'il se parlait à lui-même :

— Vous aviez peur par-dessus tout de ne pas pouvoir suivre en cinquième au collège que nos pensionnaires fréquentaient car vous n'aviez effectué qu'à peine la moitié d'un trimestre avant d'échouer chez nous... Et puis, vous avez surclassé tous les autres élèves, finissant premier avec les félicitations de vos professeurs à la fin de l'année scolaire. Vous étiez si…

Il marqua un temps d'hésitation comme s'il avait cherché ses mots.

— Si naïf, si confiant… Je crois que ce sont les adjectifs qui conviennent le mieux. J'étais à cette époque étudiant en médecine et je me destinais à la psychiatrie. Passionné par l'hypnose, j'ai voulu savoir si cette technique – qui n'était déjà plus très en vogue à l'époque – pouvait modifier votre comportement. Je dois l'avouer, vous étiez comme un diamant brut qu'il me prit l'envie de ternir en vous insufflant des pensées négatives… Je croyais pouvoir vous modeler sans peine mais vous vous êtes montré plus résistant que prévu… C'était comme si mes suggestions hypnotiques n'avaient aucune prise sur vous et cela m'exaspérait à un point que vous ne pouvez imaginer…J'ai pu constater par la suite, lors de votre crise hallucinatoire, que mes suggestions avaient cependant eu l'effet escompté… Un effet retard si je puis dire !

Il s'arrêta encore, arborant ce mince sourire narquois qui trahissait chez lui une indéniable jouissance, puis il poursuivit :

— Vous étiez *pur*, voilà qui convient encore mieux ! Mais d'une pureté dont il presque impossible de se faire une idée ! Vous me faisiez penser à un cristal que les rayons d'un soleil intérieur traversaient lui conférant des couleurs aussi ravissantes que changeantes. Cette *pureté* était à proprement parler scandaleuse pour un individu tel que moi qui nourrissais déjà une haine farouche de l'Humanité... Et cette haine se justifiait ! J'étais obligé de travailler pour payer mes études, et pas seulement au foyer ! Il m'arrivait souvent de remplacer des infirmiers dans l'hôpital voisin... J'avais à peine le temps de dormir, je me shootais à la vitamine C par intraveineuses pour ne pas m'endormir pendant les cours ! Cette pratique m'avait passablement aigri le caractère, je ne supportais plus rien, le moindre bruit me faisait sursauter... Je ne vivais plus, j'errais comme un zombie de la faculté au foyer, du foyer à l'hôpital... Je menais une vie de paria !

— Ne croyez pas que ce soit une excuse !

— Oh non, je ne dis pas cela pour vous apitoyer, j'ai toujours eu une inclination pour le mal : voir souffrir les autres plus encore que je souffrais moi-même m'était une consolation, une pure jouissance... J'ai commencé par mutiler des animaux, je me plaisais à arracher les ailes des insectes, et même à crever les yeux des chats...

— Assez ! l'interrompit André ! C'est insupportable !

— Pourquoi donc ? Vous aimez à ce point les chats ? fit remarquer Leplat en souriant de plus en plus.

— Votre sourire ne va pas rester longtemps sur vos lèvres ! grogna André en dirigeant son regard sur le sien car, au travers de la brume blanchâtre, les petits yeux vifs et marron du psychiatre brillaient d'un étrange et fascinant éclat.

— Ne croyez pas non plus pouvoir m'hypnotiser encore ! grommela André en soutenant ce regard.

On eût dit deux lames d'acier se faisant face, prêtes à s'entrecroiser dans un duel à mort. L'affrontement semblait devoir s'éterniser quand le psychiatre détourna le regard.

— Et que pourriez-vous donc me faire alors que vous êtes là figé sur votre canapé comme une loque, tétanisé par la terreur que j'ai instillée dans votre âme ?

— Mon âme va beaucoup mieux depuis que je suis parvenu à ouvrir cette porte que vous aviez dressée entre moi et le souvenir de vos expériences. Vous rendez-vous compte de l'état dans lequel vous êtes vous-mêmes ? Vous n'êtes là qu'en esprit et mon esprit est en ce moment bien plus fort que le vôtre !

— C'est encore à prouver ! ricana le médecin qui se remit à fixer André droit dans les yeux.

L'affrontement avait repris entre le bourreau et sa victime, l'éternel affrontement entre l'Amour et la Haine, entre le Bien et le Mal ! Tout en continuant de fixer André, Leplat murmura ces paroles :

— Si vous saviez ! Je vois en vous comme si vous étiez transparent... En ce moment, je vois votre âme en son ensemble et je puis discerner vos plus intimes pensées ! Je possédais déjà ce don auparavant mais l'état dans lequel votre *appel* m'a plongé l'a considérablement augmenté... Je vais vous dire ce que vous êtes !

Il marqua un temps d'arrêt, puis reprit d'une voix sourde où grondait une colère rentrée :

– Vous !...Vous êtes une créature absolument haïssable ! Vous dégoulinez de bons sentiments, vous êtes une guimauve gluante comme les bluettes que vous vous plaisez à écouter où il n'est question que «d'amour toujours», vous engourdissez les autres de votre inconcevable mollesse, vous êtes lénifiant au possible, quand on vous regarde vous donnez l'impression d'être un sucre d'orge baveux et collant, vous n'avez aucun pouvoir, au fond de vous je sais que vous cherchez désespérément des raisons pour me pardonner alors que moi je vous écraserais sans aucun remords, comme un vulgaire cafard !

– Ce n'est pas la peine d'essayer de m'entraîner sur votre terrain, je ne ressens pour vous aucune haine, tout ce que je puis dire c'est que vous me faites pitié car vous êtes infiniment pitoyable avec votre arrogance et votre ego qui vous étouffe, votre propre venin vous empoisonne et tout à l'heure vous vous détruirez vous-même sans que j'aie même besoin de formuler ce souhait en pensée !

Détournant encore une fois le regard devant cette muraille invisible qui commençait à le cerner et à le faire douter de sa victoire, le psychiatre décida de porter un coup qu'il espérait décisif et qu'il avait gardé en réserve :

– Comme je vous le disais tout à l'heure, mon cher, tout n'a pas été douloureux dans ce que je vous ai fait subir. Au cours de ces séances, je suis parvenu à vous faire entrevoir votre incarnation immédiatement antérieure…

— Ah bon ! laissa échapper André. Et quelle était donc cette « incarnation » ?

Leplat se réjouit d'avoir piqué la curiosité de son interlocuteur. Il prit son temps.

— Alors ?

— Avouez que vous brûlez – c'est le cas de le dire, fit-il observer en ricanant – de savoir *qui* vous étiez dans votre vie précédente.

— Certes ! admit André.

— Eh bien vous étiez une superbe jeune fille qui mourut d'ennui à dix-huit ans parce qu'on l'avait enfermée dans un couvent !

— Et pourquoi l'avait-on cloîtrée ? interrogea André tout en continuant d'observer les moindres gestes et expressions de son rival.

— Elle aimait beaucoup trop la vie et était particulièrement portée sur le sexe, ce qui à l'époque – c'était il y a quelques siècles, j'avoue que je n'ai pas pu identifier précisément l'époque – était plutôt mal vu. On se retrouvait facilement sur un tas de fagots pour des agissements beaucoup moins incongrus ! Donc, cette jeune nymphomane de bonne famille passait son temps en des ébats voluptueux avec tout ce qui portait un pénis. Le curé du village, horrifié par ces pratiques, alla avertir les parents de ladite jeune fille que celle-ci exposait sa famille au déshonneur et risquait de terminer bien fâcheusement sa vie.

— J'étais donc cette jeune fille ! s'exclama André dont un brusque accès d'angoisse avait commencé à nouer la gorge.

— Oh oui, vous l'étiez... Vous parliez même avec sa voix lors quand vous étiez sous hypnose, une voix douce et flûtée aux accents cristallins qui tranchait pour le moins avec les exploits de cette jeune traînée...

André négligea ces propos insultants pour satisfaire sa curiosité.

— Et qu'est-ce que je disais ?

— Figurez-vous que vous me preniez pour un prêtre à qui vous vous confessiez... Il y aurait eu de quoi noircir beaucoup de pages avec vos propos d'un érotisme qui frisait la luxure : « *Je sens comme un feu à l'intérieur de moi, dès que je vois un jeune homme j'ai envie qu'il me possède, qu'il me transporte vers les sommets du plaisir, je ne pense qu'à ça, parfois j'ai l'impression que je pourrais accueillir le monde entier dans mon sexe...* » J'en passe et des meilleures, croyez-moi !

André fut soudain pris d'une sorte de malaise, ses idées s'embrouillaient...

— Mais alors, cette fille qui venait me rendre visite lors de ma crise hallucinatoire, c'était *elle* !... Et...

— Et ?

— Et ma voisine avait donc raison quand elle prétendait que je m'*amusais* tout seul !

— Aucun doute là-dessus ! affirma Leplat d'un ton péremptoire. Mais on ne peut pas dire qu'il s'agissait d'une simple masturbation ! Vous faisiez vraiment l'amour à un autre vous-même surgi d'une vie antérieure et paré de tous les attributs du « beau sexe » !

Puis, riant à l'intérieur de lui-même :

— On peut dire que je vous ai quand même permis de connaître bien du plaisir, un plaisir à se damner d'après ce que vous m'avez raconté lors de notre première entrevue !

— C'est vous qui méritez la damnation ! rugit André qui avait esquissé le geste de se lever mais qui n'avait pu de défaire de l'étau de glace qui l'enserrait.

— Ah ! Ah ! Ah ! s'esclaffa le psychiatre en se frottant les mains... Voyez votre impuissance mon cher ! Vous devriez me remercier !

André se souvint alors de sa souffrance, de tout ce qu'il avait enduré à cause de cet homme et il pensa de toutes ses forces : *« Va brûler en enfer espèce de démon ! »*

Le psychiatre fut secoué d'un spasme, le halo brumeux qui l'entourait vira subitement au rouge écarlate, des flammes s'élevèrent du sol pour se nouer autour du spectre, l'enlaçant dans une étreinte gourmande, lascive, empreinte d'une voracité quasi amoureuse.

— Mais que se passe-t-il ? Je brûle ! s'écria Leplat en se mettant à tourner sur lui-même dans l'espoir d'éteindre cet incendie inopiné.

— Je vous l'avais dit que j'étais plus fort que vous ! Vous ne ferez plus jamais de mal !...À personne ! Vous allez rejoindre votre Maître !

Le médecin s'essaya à un autre ricanement démentiel qui se perdit dans le sourd grondement du brasier. Il eut tout juste le temps de souffler : *« Mais le Bien et le Mal, ça n'existe pas ! »* juste avant de disparaître aspiré par un tourbillon de flammes déchaînées dont la vigueur et la voracité semblaient s'accroître de concert avec la terreur qui le submergeait. Bientôt, il ne resta plus trace de l'esprit malfaisant de Leplat, tout juste une odeur âcre de brûlé qui ne tarda pas à s'estomper.

André ressentit alors un immense soulagement... Pour la première fois depuis longtemps il se sentait l'âme légère, aussi légère qu'une vapeur cristalline dans le vent du matin. Il vit s'ouvrir en lui d'immenses champs de fleurs multicolores dont les teintes changeaient sous la caresse d'une brise embaumée de mille parfums, des forêts inconnues naissaient de toutes parts élançant vers le ciel les cimes éblouies de leurs arbres pareils à des ponts verticaux tandis que d'improbables jardins étendaient leurs allées comme des bras pour l'accueillir en leur sein.

– Suis-je en train de rêver ou suis-je arrivé ? se demanda-t-il tandis qu'il vacillait sous l'étreinte d'un Amour dont jamais il n'aurait pu soupçonner la puissance.

Tout en lui n'était plus qu'extase, intarissable débordement de joie. Et pourtant, malgré cette légèreté qui l'enivrait, il se trouvait toujours assis sur son canapé dans l'incapacité d'esquisser le moindre mouvement...

Enfin, il sursauta... Quelqu'un ouvrait la porte... Puis, ce furent des bruits de pas, de talons hauts qui résonnaient sur les dalles du carrelage, puis la voix de Chantal :

— Coucou ! Je suis rentrée ! J'espère que tu ne t'es pas trop ennuyé durant mon absence !

Elle s'approcha de lui, intriguée par son absence de réponse.

— Eh bien quoi, tu fais la tête ? Ou alors tu es sourd, poursuivit-elle en lui secouant gentiment les épaules... Oh !Oh ! Chéri...

C'est alors qu'il tomba comme une masse à côté de la petite table basse où se tenait toujours le verre en son imperturbable immobilité. Chantal poussa un cri, recula, effrayée, puis se pencha sur son mari poursuivant d'une voix blanche :

— Mais qu'est-ce qui t'arrive ? Réponds-moi !

Puis, quelques instants après :

— Mon Dieu ! C'est pas vrai ! Il est mort ! Il ne respire plus.

Obéissant au réflexe de l'infirmière en cardiologie qu'elle était, elle chercha son pouls... Rien, aucune pulsation... Retrouvant le sang-froid dont elle avait toujours su faire preuve dans les situations d'urgence, elle appela le SAMU :

— Venez vite ! Je crois que mon mari vient de décéder !

Puis, elle indiqua l'adresse.

À peine vingt minutes plus tard, le médecin du SAMU était là. Il ne put que constater le décès. Après avoir examiné le corps, il le saisit sous les aisselles pour l'allonger sur le canapé mais celui-ci étant plié en deux à cause de la position assise qu'il avait gardée si longtemps, refusa de se déplier ; il se résolut donc à l'asseoir.

Il interrogea ensuite l'épouse qui, malgré l'état de choc où elle se trouvait, essaya de lui répondre du mieux possible.

— Vous venez de découvrir le corps en rentrant chez vous, d'après ce que j'ai compris ?

— Oui, j'ai dû m'absenter ce week-end pour aller voir mon père qui est souffrant... Je suis partie vendredi matin, vers sept heures et demie comme d'habitude pour me rendre au travail en lui précisant que je rentrerais ce dimanche soir.

— Est-ce qu'il vous a répondu ?

Chantal marqua un temps d'hésitation :

— J'étais très pressée, je pense que oui...

— Vous pensez mais vous n'en êtes pas sûre, observa le médecin.

— Ma foi non... Mais il était assis dans le canapé comme il le fait toujours après s'être levé...

— Ma pauvre dame, votre mari était peut-être déjà mort à ce moment-là ! L'avez-vous appelé durant le week-end ?

— Non, nous ne sommes pas très portés sur le téléphone, et puis, je ne suis partie que trois jours...

Le médecin réfléchit quelques instants avant d'ajouter :

— Cependant, d'après la rigidité cadavérique, je situerais le décès à vendredi dans la soirée.

Chantal frissonna, une grimace involontaire contracta son visage.

— Mais cela fait deux jours ! s'écria-t-elle, devenant si pâle qu'elle sembla prête à défaillir.

— Cela correspond en effet, la rigidité cadavérique commence à s'installer quelques heures après le décès et peut s'étendre sur deux jours.

Remarquant le malaise naissant de l'épouse du défunt, le médecin ajouta :

— Vous n'y pouviez rien... Maintenant il faut vous étendre quelques instants, je vais vous donner un sédatif, vous en avez grandement besoin... Avez-vous de la famille, quelqu'un qui puisse vous aider ?

— Oui, ma mère répondit-elle... Comme Papa va mieux et qu'elle n'habite pas très loin, elle devrait pouvoir venir ce soir même. Je vais l'appeler.

— Faites ! approuva le médecin, après vous prendrez deux de ces comprimés, poursuivit-il en posant le tube sur la table. En attendant,il faut que je réexamine de plus près le corps afin de m'assurer qu'il ne s'agit pas d'un homicide.

Après une observation attentive, le médecin conclut :

— Pas d'ecchymoses, pas de lésions apparentes, votre mari souffrait-il d'une affection cardiaque ou autre ? demanda-t-il à Chantal qui venait de raccrocher le combiné du téléphone.

— Non, pas que je sache, il était un peu dépressif, c'est tout !

— Vous a-t-on dérobé des objets de valeur ?

— Apparemment non, répondit-elle, il faudrait que je m'en assure...

— Il faut essayer de penser à tout ! La porte était-elle fermée quand vous êtes rentrée ?

— Oui, mais pas à clé, mon mari étant à l'intérieur lorsque je suis partie…

— Oui, bien sûr, murmura le médecin… À première vue, il s'agit d'une mort naturelle.

— Il n'y aura donc pas d'autopsie ? interrogea-t-elle.

— Non, je ne crois pas.

À ces mots elle poussa un profond soupir de soulagement car elle n'aurait pas supporté la vue du corps de son mari recousu en y.

C'est ainsi qu'il apprit qu'il était vraisemblablement mort vers les dix-neuf heures au moment où le spectre de Leplat avait disparu dans la fournaise et où il avait commencé à ressentir cette indicible sensation de légèreté. Il repensa aussi à cette entité féminine, ce succube surgi de son propre passé, qui lui avait procuré l'extase, la plénitude, l'absolu dans la fusion de leur corps et de leur âme ! Car elle avait bien un corps cette créature dont il sentait encore en cet instant même les jambes souples comme des lianes se nouer autour de ses reins ! Comment expliquer cela ? Ce n'était certes pas un fantôme, un ectoplasme mais bel et bien une jeune femme avec un corps de chair, un corps dont la brûlure fraîche comme une eau vive imprégnait encore son esprit désincarné. Que n'aurait-il pas donné pour la retrouver ne serait-ce qu'un instant ! Et pourtant, il aimait Chantal d'un amour si puissant que sa force inouïe avait seule pu le tirer des sinistres marécages du désespoir et de la folie. Oui il aimait toujours Chantal par-delà la mort qui n'est en fait – il venait d'en avoir la confirmation – qu'une naissance à l'envers, le retour vers le monde d'où il était venu par un après-midi d'avril 1955 ! Laissant là ces réflexions, il se concentra de nouveau sur ce qui se passait dans l'univers matériel dans lequel il s'attardait, s'étonnant de ne pas pouvoir jouer son rôle dans cette semi-tragédie. Tiraillé entre cet Amour qui l'enveloppait, le débordait de toutes parts et l'envie de demeurer dans le monde des « vivants », il faisait de violents efforts pour animer sa carcasse, mais en vain... Il décida donc d'attendre en se laissant aller à ce déchirement voluptueux qui prenait sa source au niveau de son plexus, en cet endroit où l'âme s'enracine dans la poitrine et qui d'habitude était si douloureux ! Il regarda le médecin en train de rédiger le permis d'inhumer, sa belle-mère, qui venait d'arriver, s'agiter en tous sens, en répétant : *« Dès demain matin il faudra contacter les pompes funèbres, choisir un cercueil, s'inquiéter des faire-part... »*

Chantal reposait à présent sur leur lit... Il l'observa longuement, essayant de lui communiquer cette force d'Amour qui se manifestait en lui dans toute sa splendeur, mais entre elle et lui se dressait comme un mur invisible... Tout à coup, il sursauta... Comment était-il arrivé dans cette chambre ? Il ne se souvenait pas d'avoir pu lever son corps physique... Se pouvait-il que ?... Instantanément il se retrouva dans le living, près du canapé... En effet, son corps était toujours là, assis… Cela lui paraissait incompréhensible... Puis, il dut se résoudre à l'évidence : il avait quitté sa dépouille mortelle comme on quitte un vêtement hors d'usage... Il regarda la pendule dont l'œil glacé indiquait 19 h et dont les aiguilles demeuraient immobiles...

« *Elle est morte, elle aussi* » se dit-il, au moment où sa belle-mère, remarquant ce même détail, s'exclama à l'adresse du médecin :

– Regardez ! La pendule s'est arrêtée sur 19h ! Certainement vendredi dans la soirée ! C'est sans doute un signe... Ils se sont arrêtés en même temps !!! Comme le temps peut-être... marmonna - t-elle d'une voix inaudible comme si elle se parlait à elle-même. On ne va tout de même pas le laisser là sur le canapé, il risque de tomber, ajouta-t-elle.

Le médecin, aidé d'un brancardier, transporta donc le corps dans la chambre d'amis où il passa la nuit, couché en « chien de fusil ».

Le lendemain matin, les employés des pompes funèbres le cassèrent afin de pouvoir l'allonger, l'un d'eux montant sur sa poitrine tandis que l'autre s'appuyait de tout son poids sur ses jambes raidies par la mort.

– Après ça, le maquillage ! s'écria le plus âgé tandis que le plus jeune allait s'enquérir du costume du défunt.

– Il faut que tu sois beau pour aller rejoindre tes ancêtres, dit le maquilleur en s'efforçant de dessiner sur les lèvres bleuies un semblant de sourire.

« *Et le respect dû aux morts !* » s'écria André sans que personne, bien évidemment, puisse l'entendre. En voilà des manières... Ces gens-là sont tellement délurés sous leurs airs d'enterrement qu'ils sont capables de faire sourire un macchabée !!!

— C'est le métier, fit observer l'artiste, sans se douter le moins du monde qu'il répondait à la protestation muette de son « patient » !

L'esprit d'André demeura quelques temps encore dans l'univers matériel, il assista à son propre enterrement, essaya de se persuader qu'il parviendrait quand même à veiller sur Chantal mais son impuissance à agir désormais sur la matière, du fait de sa désincarnation, finit par le lasser, si bien qu'il s'abandonna complètement à cette étreinte indescriptible qui le comblait d'une joie inconnue jusque là et dont le rayonnement rendait impossible tout sentiment de tristesse.

Le lundi matin suivant, Évelyne, la secrétaire médicale du docteur Leplat, se retrouva face à une porte fermée à clé. Au bout d'une demi-heure passée à sonner vainement, elle descendit se renseigner auprès du gardien de l'immeuble :

— Avez-vous vu le docteur arriver ce matin ?

— Non, je ne crois pas, répondit l'homme dont les yeux d'un bleu très clair coulaient un regard aigu et soupçonneux sous l'épaisse broussaille de cheveux grisonnants qui lui retombait sur le front.

— Il est huit heures, fit remarquer Évelyne, le docteur arrive toujours à sept heures, vous savez bien qu'il est réglé comme un métronome.

Le gardien acquiesça.

— L'avez-vous vu descendre vendredi soir ?

— Ma foi, je ne m'en souviens pas... D'habitude, il me remet toujours la clé de son cabinet car il a peur de la perdre...

— Oui, je sais, répondit la jeune femme tout en réfléchissant, puis : écoutez, c'est inquiétant, ce n'est pas dans ses habitudes... Il m'aurait prévenue en cas d'absence, et puis voyez, ses premiers patients commencent à arriver... Non, décidément ça n'est pas normal...

— Si vous voulez, on peut aller y jeter un coup d'œil, j'ai un double des clés.

— Je crois que c'est le mieux, soupira Évelyne, il peut très bien être resté à l'intérieur car, après le départ du dernier patient, il ferme toujours la porte à clé afin de ne pas être dérangé lorsqu'il met ses affaires en ordre.

Lorsque la porte fut ouverte, c'est un bien étrange spectacle qui s'offrit à leurs yeux. Le cabinet leur parut vide au premier abord, mais lorsqu'il s'approchèrent du bureau, il discernèrent un amas de vêtements au pied du fauteuil. Évelyne se baissa pour les examiner et s'écria :

— Mon Dieu ! On dirait le costume du docteur !

Le gardien se baissa à son tour, il secoua les habits et ne put réprimer un frisson de terreur qui le parcourut du sommet du crâne jusqu'aux orteils :

— Mais... Mais... C'est de la cendre... De la cendre et quelques os en partie consumés !

Évelyne se recula pour se laisser tomber sur une chaise en soupirant :

— Quelle abomination ! Mais que s'est-il passé ?

Reprenant ses esprits le gardien examina l'étrange phénomène avec plus de précision :

— On dirait que le corps a brûlé en laissant le costume intact ! C'est impossible ! On n'a jamais vu ça !

Puis, il secoua les manches de la veste et le pantalon d'où s'écoulèrent des ruisselets de cendres agrémentés de quelques résidus osseux.

— Cela nous dépasse, il vaut mieux appeler la police, murmura le gardien en prenant son portable.

Les policiers se perdirent eux aussi en conjectures, ne parvenant pas à trouver une explication satisfaisante à ce phénomène qui échappait à toute logique et défiait les lois de la physique et de la chimie. Des fragments de mâchoires permirent d'attester que les restes étaient bien ceux du docteur Leplat, qui avait dû être victime d'un cas de combustion spontanée… !

Bibliographie

RECUEILS PUBLIES ET PRIX DE POESIE :

- AZURS D'HIVER (1981, imprimerie Bené, Nîmes).
- DE LA TERRE ET DU CIEL (1989, Grand prix Régional de la Société des Poètes et Artistes de France).
- VERTIGES (1989, chez Etienne Parize) Prix de la Renaissance Française remis en 1989 par Monsieur Maurice Schumann au Rectorat de Lille.
- LES PRISONS ÉTOILÉES (1990, Prix Amélie Murat et de la ville de Clermont-Ferrand).
- LE FORGERON DE L'ABSOLU (1991, Prix de la ville d'Angers, Éditions Barre & Dayez, collection Jalons).
- LES MIROIRS DU TEMPS (1998, Les presses littéraires, collection jalons). Prix de la ville de Châteauneuf-du-pape.
- LA LUMIÈRE APPROCHÉE (2001, éditions La Bartavelle, collection Le manteau du berger). Rose d'or de Doué-la-fontaine.
- AFFLEUREMENTS (2005, éditions La Bartavelle collection Modernités).
- BRASIER DE LARMES (2008 , Éditions du Douayeul)
- PASSAGÈRE D'ÉTERNITÉ (2011, Prix de l'édition poétique, Editions Poésie Vivante pour la première partie du recueil). 2012 : Prix de Vaison-la-Romaine pour un ensemble de poèmes et de nouvelles.

- 2013 : PASSAGÈRE D'ÉTERNITÉ (publication du recueil complet par la Société des Poètes Français, en vente chez l'auteur) Prix de poésie Stephen LIEGEARD 2016.
- 2014 : DÉCLIVES : nominé aux Prix Troubadours 2014 et Littérales 2015 publication partielle dans les revues Friches et Littérales.
2015 : L'EXIL ET LA PRÉSENCE : France-Libris ICN Orthez.
- Septembre 2016 : publication de DÉCLIVES chez ICN Orthez.

UN RECIT POETIQUE :

- TERRE DE MÉMOIRE (1993, Éditions du Foyer culturel de l'Houtland).
- Plusieurs nouvelles publiées dans les revues « Au fil des pages », « Les amis de Thalie », « Portique », « Le Scribe Masqué », « Florilège » …